當聖誕老公公小時候

圖·文/ **強·艾吉** 翻譯/夏綠

在北極的一間屋子裡住著克勞斯先生與太太，以及他們的七個孩子：賴利、瑪莉、威立、米麗、喬伊、佐依，還有小聖誕。

北極的生活很辛苦。
每天有好多的柴要砍，

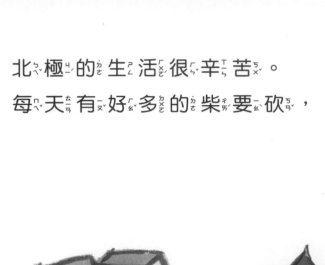

很多的雪要鏟，

等著魚上鉤，

還有棉被要縫補，

還要隨時忙著添柴煽火。

克勞斯一家人生活得好苦悶！

只有小聖誕例外。 他好愛好愛北極。
他最喜歡躺在雪地上做雪天使、 堆雪人，

裝飾松樹，

烤小人形狀的薑餅。

最重要的是，他超愛玩從煙囪溜滑梯的遊戲。

所以，當克勞斯一家決定搬去佛羅里達州時，小聖誕很傷心。

「你們不會想念這裡的松樹、冰柱和滿地綿綿的雪嗎？」

「不會，小聖誕，」他們說，「我們不會想念。」

那天晚上，就在大家準備收拾搬家的時候，一場暴風雪來臨了。

隔天一早，他們的房子埋在雪堆裡面。
克勞斯一家被困住了。

「我們該怎麼辦呢？」

「我知道了！」小聖誕說，「我可以從煙囪爬出去！」

於˙是ˋ，克ㄎㄜˋ勞ㄌㄠˊ斯ㄙ先ㄒㄢ生ㄕㄥ與ㄩˇ太ㄊㄞˋ太ㄊㄞˋ幫ㄅㄤ小ㄒㄧㄠˇ聖ㄕㄥˋ誕ㄉㄢˋ準ㄓㄨㄣˇ備ㄅㄟˋ了ㄌㄜ一ㄧ點ㄉㄧㄢˇ食ㄕˊ物ㄨˋ以ㄧˇ及ㄐㄧˊ一ㄧ雙ㄕㄨㄤ雪ㄒㄩㄝˇ鞋ㄒㄧㄝˊ，送ㄙㄨㄥˋ他ㄊㄚ上ㄕㄤ˙路ㄌㄨˋ出ㄔㄨ發ㄈㄚ去ㄑㄩˋ求ㄑㄧㄡˊ救ㄐㄧㄡˋ了ㄌㄜ。

走了很長一段路後，小聖誕看到一小根樹枝。
「齁、齁、齁，這應該是大樹的頂端吧！」他說。
「不是喔，」一個聲音說道，「我是一隻麋鹿，好冷、好冷呀。」

小聖誕趕忙將麋鹿從雪裡挖出來。

「我的天啊！你在這裡做什麼呢？」麋鹿問。

小聖誕對麋鹿說明了家人的狀況。

「跳上來吧，我們一起去找幫手。」

「哇ㄨㄚ嗚ㄨ！」小ㄒㄧㄠ聖ㄕㄥ誕ㄉㄢ說ㄕㄨㄛ：「你ㄋㄧ真ㄓㄣ是ㄕ一ㄧ隻ㄓ特ㄊㄜ別ㄅㄧㄝ的ㄉㄜ麋ㄇㄧ鹿ㄌㄨ。」

他們看到高高的懸崖上有間屋子，裡頭還亮著燈。
「我們就停在這裡吧。」小聖誕說。
於是麋鹿降落在屋頂，小聖誕隨即從煙囪溜了下去。

到了裡面，他看見一屋子的小矮人。

「哦，我的雪花啊！嚇了我一跳。」裡頭的矮人長老
問道：「你是誰啊？」

「我是小聖誕。」小聖誕自我介紹並且告訴矮人們，
他的家人被困住了。

「原來如此，我們可以幫忙。」矮人長老說，「我們
來製作一些鏟子，將雪鏟開，把他們救出來！」

沒過多久，鏟子做好了。

「好嘍，小聖誕，接下來，我們要怎麼去你家呢？」矮人長老問。

小聖誕說：「我有一隻會飛的麋鹿。」

「哇！」小矮人嚇到了，「那你有雪橇嗎？」

「雪橇，什麼是雪橇？」小聖誕問。

「好吧，好吧，看來我們只好做一架雪橇給你了！」

隔天，他們馬上就做好雪橇了。

小聖誕將雪橇綁在麋鹿身上，接著大家就一起爬進了雪橇。

「準備好了嗎？」麋鹿問。

「好了！」小聖誕回答。

所有人一起出發，前往小聖誕的家。

而在遙遠的一方，克勞斯一家正等待著小聖誕回去。

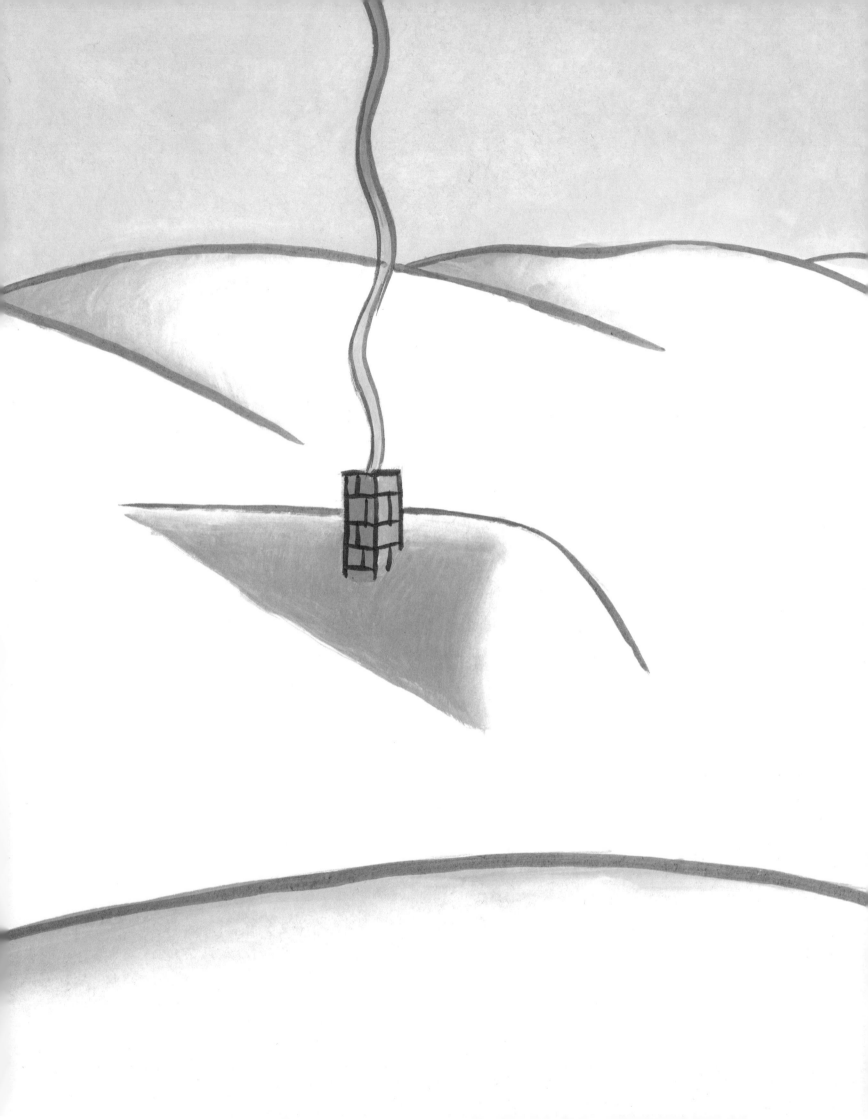

當時間接近午夜十二點，家裡的狗突然聽到了熟悉的聲音，而且是從煙囪裡傳來的……

難道是……？

「齁、齁、齁！我回來了！」小聖誕歡呼。
他的家人都好開心。
但他們聽到從外面傳來更多的聲音，小聖誕
將門打開。

「大家看！ 他們是我的新朋友！」
「歡迎你們！」小聖誕的家人熱烈的迎接大家。

老實說，這一年來，他們在北極過得還不錯。
克勞斯一家與小矮人相處得十分融洽，生活也
不像以前那麼辛苦了。

冬天來臨了， 小聖誕的家人還是決定要搬到佛羅里達州去了。

那小聖誕呢？
他留下來了。

然後，我猜，你也知道接下來的故事了吧。

小木馬繪本屋005

當聖誕老公公小時候 Little Santa

作者　　強.艾吉 (Jon Agee)

譯者　　夏綠

社長　　陳蕙慧

副總編輯　戴偉傑

責任編輯　戴偉傑

行銷企畫　李逸文、尹子麟、姚立儷

美術排版　陳宛昀

讀書共和國集團社長　郭重興

發行人兼出版總監　曾大福

出版　　木馬文化事業股份有限公司

發行　　遠足文化事業股份有限公司

地址　　231新北市新店區民權路108-4號8樓

電話　02-2218-1417　　　傳真　02-2218-0727

Email　service@bookrep.com.tw

郵撥帳號　19588272木馬文化事業股份有限公司

客服專線　0800-2210-29

印刷　前進彩藝有限公司

2019 (民108) 年11月初版一刷

定價　360元　　　　ISBN　978-986-359-739-1

作者簡介　**強. 艾吉 Jon Agee**

美國著名繪本插畫大師, 常以兒童視角創作充滿意外性、幽默有趣的繪本, 廣受大小朋友喜愛。作品曾多次獲得美國圖書館協會好書、《紐約時報》最佳童書、《號角》雜誌年度好書等肯定。強. 艾吉在美國藝術評價頗高, 《野獸國》作者桑達克曾盛讚過其《我的大犀牛》是大師傑作, 並收藏他的繪本原畫。目前在台灣已出版的作品有:《書中有一道牆》、《我的火星探險》、《獅子補習班》、《麥先生的帽子魔術》、《克羅素的神奇作品》等書。

譯者簡介　**夏綠 Charlotte**

美國西雅圖華盛頓大學藝術史系畢, 倫敦蘇富比藝術學院藝術經紀碩士, 現居台北。譯有多本生活風格書籍、兒童繪本。二〇一七年強. 艾吉訪台時曾擔任其演講口譯。